AF391063

NEUILLY

ET

SAINT-CLOUD.

28 JUILLET 1830.

Vers la fin de septembre, à peine remis de cette longue fièvre d'opposition contre le gouvernement déchu, qui se reproduisait dans tous nos livres, dans tous les journaux des écrivains patriotes ; souffrant de corps depuis la révolution de juillet, et je l'avoue sans misanthropie, un peu degouté des hommes, j'étais allé chercher quelque repos à la campagne pour jouir des derniers beaux jours de l'année. J'habitais la maison d'un ami (et je saisis cette occasion pour le remercier de son hospitalité), située sur la rive gauche de la Seine, au pied du Calvaire, dans une exposition délicieuse, entre Neuilly et Saint-Cloud. Là j'ai mis la dernière main à une *tragédie* que j'espère offrir bientôt au public ; bien entendu s'il plaît à messieurs les comédiens et directeurs des théâtres privilégiés de la capitale. Dans mes promenades de versificateur qui rumine sa besogne, je m'égarais souvent sous les ombrages de Saint Cloud ou sur les bords de la rivière, en face de l'île et du parc de Neuilly. En présence de ces habitations royales, ma pensée revenait toujours, et malgré moi, sur la destinée des maîtres de ces deux châteaux, à qui le peuple de Paris, dans trois jours de combat, a fait des fortunes si diverses. Toute chose a sa raison dans le monde. Je croyais avoir trouvé la raison de ceci. Cette idée m'obsédait : j'avais besoin de l'exprimer. Je fis quelques vers pour peindre l'intérieur des deux maisons dans la soirée du 28 juillet ; et je les publie aujourd'hui, non comme une œuvre de poëte, mais comme une rêverie de patriote dont j'aime le souvenir.

NEUILLY

ET

Saint-Cloud.

28 JUILLET 1830.

❖

SOIRÉE POÉTIQUE.

PAR

A. SENTY,

Signataire de la Protestation de la Presse.

PARIS.

CHEZ DENAIN, LIBRAIRE,

RUE VIVIENNE, N. 16.

1830.

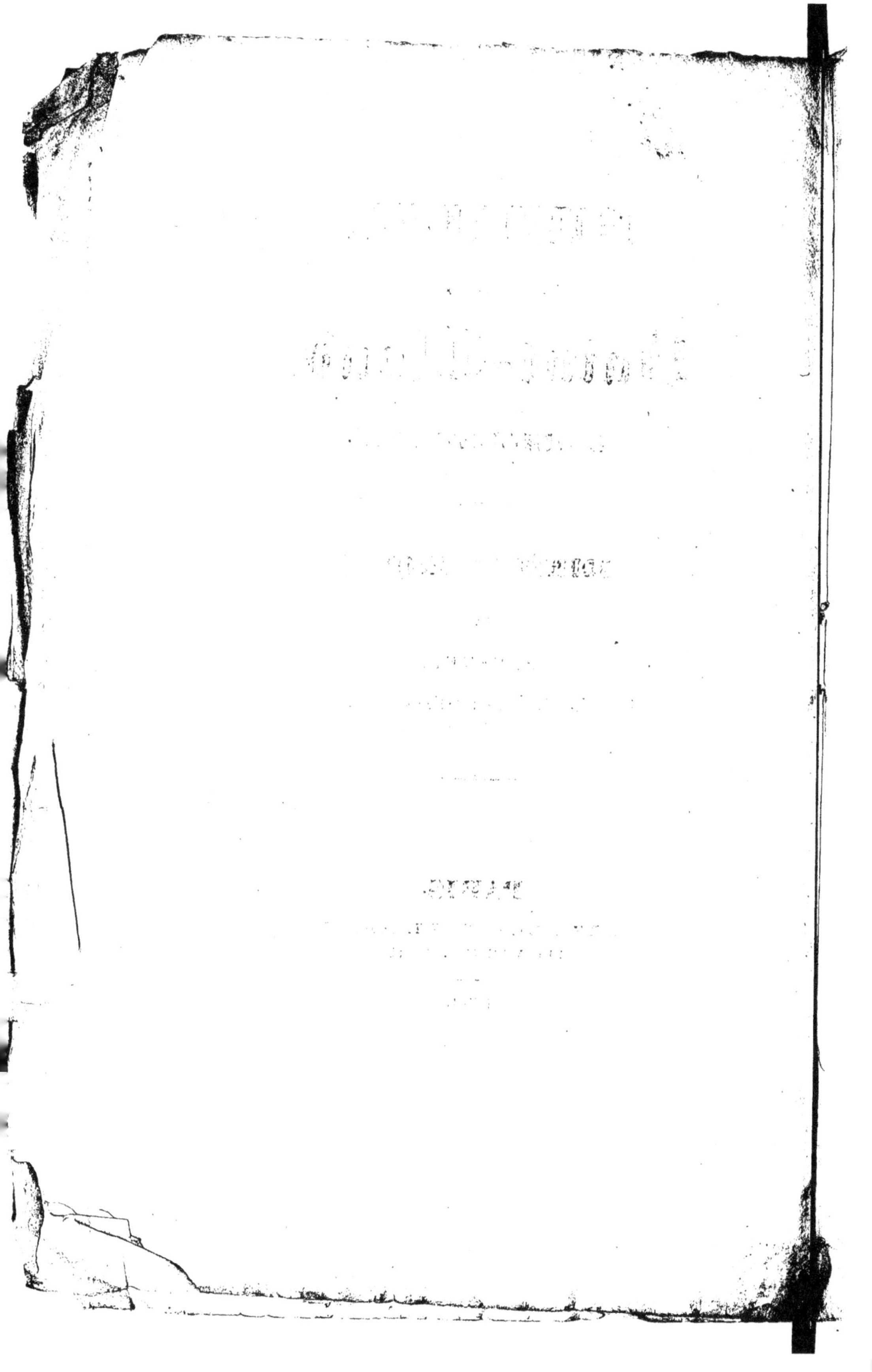

NEUILLY

ET

28 JUILLET 1830.

SOIRÉE POÉTIQUE.

Qu'on aime à respirer par un beau soir d'été,
Devant sa porte assis, sous la tente abrité,
L'air pur des champs ; à voir des plaines, des vallées,
S'élever et grandir les ombres rassemblées,
Et là près de sa femme, et ses fils alentour,
Causer raison, folie, et rire tour à tour.
Or, c'était de juillet une belle soirée :
La plaine blanchissait par la lune éclairée,
Et du haut mont Calvaire, aux côteaux de Meudon,
Le crépuscule éteint mourait à l'horizon.

Des plaisirs de Neuilly c'est l'heure accoutumée ;
Lorsqu'ayant réuni sa famille charmée,
Le maître du château demande à ses enfans
Compte d'un jour d'étude et de l'emploi du temps.
Nemours parle beaux-arts, d'Aumale arithmétique,
Joinville cite un vers d'Horace qu'il explique,
Le seul Montpensier boude en songeant qu'aujourd'hui
Son grand cheval de bois a succombé sous lui ;
Et les dames brodant à l'écart réunies
Prennent en souriant part à ces causeries :
Tableau charmant ; ménage issu du sang des rois,
Où l'on s'aime à l'égal d'un ménage bourgeois.

Pourtant sur tous les fronts ce soir quelle tristesse !
Tout homme sent le poids de l'humaine faiblesse.
Le malheur domestique aurait-il assailli
La royale maison du bourgeois de Neuilly ?
La mort peut-être... oh non, point de vaines allarmes :
Ils sont là tous présens... Oui, mais tous ont des larmes,
Les femmes dans les yeux, les hommes dans le cœur.
Quel silence !... écoutons... un bruit sourd ! ô terreur,
C'est le canon qui gronde, et l'écho de la plaine
Répond... Chartres debout à grand pas se promène ;
On dirait à le voir s'agiter et frémir,
Que son jeune courage ailleurs voudrait courir.

Ses sœurs laissant tomber l'aiguille et leur ouvrage ;
Et sous leur blanche main cachant leur blond visage,
Se prennent à pleurer, et ne comprennent pas
Qu'un roi contre son peuple ait armé ses soldats.

« Chartres, lui dit son père, espoir de ma famille,
Entends, c'est le canon qui rasa la Bastille ;
Ils ont cru faire peur à Paris ; moi je croi
Qu'en tirant sur le peuple ils ont tué leur roi.
Quel que soit son destin, qu'il en porte la peine,
Mais seul ; car je renie une race hautaine,
Qui de tout temps paya mes conseils de mépris ;
Et qui dans nos malheurs, mon fils, n'a rien appris.
Si l'exil doit encor abriter leur naufrage,
Qu'ils emportent leur droit et leur trône en voyage.
Leur parjure entre nous a rompu tout lien :
Encor plus que Bourbon je naquis citoyen.
Cette maxime, enfans, fut celle de nos pères :
Nos aïeux ont été des princes populaires ;
Je le serai comme eux, et ne veux plus quitter
La France que l'exil me fit tant regretter. »
Et Chartres l'embrassait : sa sœur, sa femme émues,
Ses filles dans ses bras se jettent confondues...
Effusion des cœurs, ivresse d'un instant,
Où sans voix l'âme parle à l'âme qui l'entend.

« Mon père, je ne sais quelle ardeur me travaille,
Dit Nemours ; je voudrais bien être à la bataille :
Je donnerais, je crois, jusqu'à mon nom ducal,
Pour me battre à Paris contre un suisse royal !
Oh ! du moins contez-nous encor cette victoire,
Qui de la république ouvre la grande histoire,
Quand nos jeunes soldats chassèrent l'ennemi
Des plaines de Jemmappe et des champs de Valmy. »

Voilà donc quels récits ont bercé votre enfance,
O princes ! vous savez la gloire de la France :
Votre père lui-même est votre instituteur,
Vous disant les combats où jeune il fut acteur.
Ah ne trompez jamais l'espoir de la patrie ;
Philippe vous devra l'exemple de sa vie.
En remontant plus haut regardez vos aïeux :
Soyez bons et toujours populaires comme eux.
Le Régent tant haï par cette cour bigote
D'un vieux roi sous le joug d'une vieille dévote,
Comprit la nation : ce fut sa qualité.
L'esprit réclamait seul alors la liberté.
Lui de l'ancienne cour bravant l'intolérance,
Fut l'esprit de son temps le plus libre de France.
Naguère en publiant sur son siècle fameux
Du duc de Saint-Simon les sincères aveux,

Que de fois j'ai pu voir, sous son jour véritable,
En lui le prince habile , autant que l'homme aimable ;
Heureux , si moins enclin aux amoureux désirs ,
Il eut des courtisans dédaigné les plaisirs.
Ce temps, Princes, n'est plus ; et la France nouvelle,
Des mœurs de la Régence ignorant le modèle ,
Entoure sous vos yeux de respects assidus
Un exemple vivant des modestes vertus.
Vous, sachez imiter cette tante chérie ,
Qui d'un amour de femme aime notre patrie ,
Et qui dans ce moment vous presse sur son cœur
Et ne saurait parler : si grande est sa douleur !

Mais tandis qu'à Neuilly la soirée est muette ,
Tout respire à Saint-Cloud l'air de joie et de fête.
A ces mille clartés qui partent du château,
A ces feux reflétés par le miroir de l'eau,
Le voyageur de loin croit voir surgir dans l'ombre
Un palais de féerie aux flancs du coteau sombre.
On approche : Debout et marchant l'arme au bras,
Un soldat crie : « Au large ! » et tourne sur ses pas.
Plus loin voici venir la patrouille fidèle,
Répétant le mot d'ordre à chaque sentinelle.
Avez-vous pénétré jusqu'au grand escalier,
Les garçons bleus sont là veillant sur le pallier ;

Puis les gardes-du-corps aux blanches épaulettes;
Puis les pages portant au bras les aiguillettes :
A travers tant d'habits où reluit le galon,
On aperçoit enfin les portes du salon.
Quel coup d'œil ravissant!.... jamais fête galante,
Pût-elle réunir une cour plus brillante?
Là sont et pairs de France, et ducs, et maréchaux;
Princes, ambassadeurs, ministres, cardinaux :
Dames du sang royal et dames présentées,
Épiant le bonheur d'être complimentées;
Luttant de vanité, de diamants, de fard,
Le tout pour obtenir un coup-d'œil d'un vieillard.
Sur les tables de jeu les cartes animées,
Donnant, ravissant l'or à des mains affamées,
Trompent tous les calculs du vieux seigneur poudré,
Dépouillé par le coup qu'il avait préparé.
Mais quelle est cette table où la foule, empressée
De se montrer, afflue en cercle ramassée?
On joue un coup qui tient tous les cœurs en émoi,
Tous les yeux attentifs : Silence au jeu du roi.
Méditant longuement sur la carte sortie :
« Ceci, dit le monarque, est un coup de partie. »
On donne : « Le beau jeu, voyez, messieurs, gagné!
Décidément ce jour est un jour fortuné.
En vérité je n'eus jamais pareille chance;

On dirait que je fais le jeu par ordonnance. »
Il rit !... « Qu'en dis-tu, Guiche ! Allons, console-toi :
C'est ton jour de malheur, les cartes sont pour moi. »
Un huissier : —Monseigneur comte de Sémonville,
Hors d'haleine à Saint-Cloud arrivant de la ville,
Désirerait parler à Votre Majesté.
—Encor quelque récit du peuple révolté !
—Qui nous délivrera, Sire, de la canaille.
—Messieurs, laissez Marmont faire avec sa mitraille ;
Je peux compter sur lui pour me livrer Paris ;
Tant pis pour les bourgeois du quartier Saint-Denis...
Qu'il attende. —L'huissier : —Le comte de Vitrolles
Désire aux pieds du roi mettre d'humbles paroles.
—Eh bien nous entendrons ce zélé messager...
Mais ne dirait-on pas notre trône en danger ? »
Et dames et seigneurs entre eux de rire aux larmes,
En parlant des bourgeois de Paris sous les armes.
Chacun décoche un trait suivi d'un trait nouveau ;
On n'eut jamais, je crois tant d'esprit au château.
Charle en riant se lève ; et voit chaque visage,
Se hâter humblement de rire à son passage

Cependant le temps vole, et la gaîté tarit....
Je ne sais.... mais déjà l'on n'a plus tant d'esprit.

Une vague rumeur de dehors est venue,
Qui laisse sur les fronts quelque ombre répandue.
Après tout des mutins, bien qu'on se moque d'eux,
Deviendraient alarmans, s'ils étaient trop nombreux.
La rumeur va croissant.... Tout-à-coup on vient dire
Que le roi dans sa chambre à l'instant se retire :
Un léger mal de tête, ou de fièvre un frisson,
Avant l'heure l'oblige à quitter le salon.
Soudain vous auriez vu prélats, dames titrées,
Pour sortir du château demander leurs livrées ;
On déserte à la fois chaises et tabourets,
Laissant à l'abandon éventails et bouquets.
Ainsi qu'un incendie à l'aîle dévorante,
La rumeur en passant de bouche en bouche augmente,
Et la peur accueillant les plus étranges bruits,
Personne n'ose plus retourner à Paris,
Voilà nos gens de cour, partis sans plus attendre ;
Courant tous les chemins, sans savoir lequel prendre.
L'un a peur des lueurs qui brillent au hameau,
L'autre des cris du pâtre en gardant son troupeau,
Et tous des révoltés prévoyant la sortie,
Voient dans chaque buisson une troupe ennemie.

Quand on est duc ou prince, et qu'arrive minuit,
On aime assez un gîte où l'on dorme sans bruit :

Même en gardant au roi sa fidélité pure,
Il est dur de passer la nuit dans sa voiture,
Cahoté, mal à l'aise, et pour comble de maux,
De voir toujours de loin venir les libéraux.
Aussi plus d'un seigneur en superbe équipage,
Déjà las des périls du nocturne voyage,
Avec ravissement se souvient en chemin,
D'un ami de Versaille, ou bien de Saint-Germain,
Et va pour mettre un terme à sa course inquiète,
Abriter sa grandeur sous son humble retraite.

Effrayé d'être seul, Charles Dix près de lui
A mandé son cousin qui réside à Neuilly.
Un messager qui suit la rive de la Seine
Part, et va le chercher sur la rive prochaine.
Il a franchi le pont.

                Philippe en ce moment,
Retiré seul au fond de son appartement,
L'âme émue à la fois de douleur, d'espérance,
Méditait l'avenir de notre belle France.
Il croit entendre au loin l'éclat sourd des canons,
Le pas des cavaliers, le feu des pelotons.
Tandis que le massacre ourdi par un grand crime
Moissonne de Paris la canaille sublime,

Saisi d'horreur à voir tant de sang pur couler,
Il entend sans regret un trône s'écrouler,
Et tout son cœur tressaille à la voix qui lui crie :
Le moment est venu de sauver la patrie.

Le messager de Charle est alors introduit :
— Monseigneur, près de vous un ordre me conduit.
A son coucher le roi désire vous admettre.
—Monsieur, reprit le duc, dites à votre maître
Que je ne puis ce soir m'éloigner de ce lieu.
Mais je saurai demain s'il faut partir.... Adieu. »

Ce jour fut le dernier de nos trois jours d'alarmes ;
Comme un géant debout qui veille sous les armes,
Le peuple de Paris oubliant le sommeil,
Ainsi qu'un allié salua le soleil ;
Car ce soleil jaloux d'éclairer tant de gloire,
Fut durant les trois jours pur comme sa victoire :
Et quand l'astre darda son rayon le plus chaud,
La vieille monarchie était prise d'assaut.

Neuilly possède encor sa royale famille,
Qui vient y dépouiller le rang où son chef brille :

Mais Saint-Cloud est resté désert depuis ce jour,
Et Charles n'y tient plus le cercle de la cour.

Les temps venus, au gré du canon et du glaive
Une race s'éteint, une race s'élève :
Du tronc royal qui sèche, un plus jeune rameau
Verdit pour l'avenir et fait un roi nouveau.
Le peuple toujours jeune et fort de sa jeunesse,
Du règne qui commence accueille la promesse,
Et bientôt oubliant tout le mal qu'on lui fit,
Perd jusqu'au souvenir du règne qui finit.
Ainsi nous avons vu par les chemins de France,
Un long convoi royal s'éloigner en silence,
Et ces vivans débris d'une ancienne grandeur,
N'exciter en passant ni pitié, ni fureur.
Qu'ils puissent emporter sur la terre étrangère,
Le sceau d'un Dieu fatal empreint sur leur misère ;
Et que les nations les voyant à leur tour,
Disent : Voilà donc ceux qui régnèrent un jour !
Car ils portent écrit au front pour leur supplice :
« Peuples, laissez passer du peuple la justice. »

FIN.

IMPRIMERIE DE CH. DEZAUCHE,
FAUBOURG MONTMARTRE, N. 11.